LE CONCOURS

Jean Gervais

Le Concours

Illustrations de Caroline Merola

Boréal Jeunesse

Les Éditions du Boréal remercient le Conseil des Arts du Canada ainsi que le ministère du Patrimoine canadien et la SODEC pour leur soutien financier.

L'auteur tient à remercier l'Université du Québec à Hull pour sa participation à la réalisation de cet ouvrage.

Collection dirigée par Danielle Marcotte

Illustrations : Caroline Merola

Diffusion au Canada : Dimedia
Distribution et diffusion en Europe : les Éditions du Seuil

© 1998 Les Éditions du Boréal
Dépôt légal : 4ᵉ trimestre 1998
Bibliothèque nationale du Québec

Données de catalogage avant publication (Canada)

Gervais, Jean, 1946-
    Le Concours
    (Dominique)
    Pour les jeunes du niveau primaire.
    ISBN 2-89052-928-2

    I. Titre. II. Collection : Gervais, Jean, 1946- . Collection Dominique.

PS8563.E724C66	1998	JC843'.54	C98-941264-4
PS9563.E724C66	1998		
PZ23.G47CO	1998		

À Philippe

La chambre de Mélanie est encombrée comme si douze agents secrets l'avaient fouillée à la recherche de microfilms.

— Maman, où il est mon chandail avec des rayures rouges?

Mélanie enrage en se préparant pour l'école. Elle a mal dormi. Avant de se coucher, elle a eu la mauvaise idée de se regarder dans le grand miroir de la salle de bains; elle s'est longuement attardée à examiner ses bras, ses cuisses, ses jambes, et aussi ses fesses qui, d'après elle, ressemblent de plus en plus à des ballons

de soccer. Elle a pris des décisions importantes : plus jamais de jupes ou de culottes courtes ; finis les maillots et les sorties à la piscine avec son amie Julie.

— Je n'en ai aucune idée, Mélanie, as-tu regardé dans le congélateur ?

— Superdrôle, Maman. Merci !

— Dépêche-toi donc, Mélanie ! implore son frère Dominique. J'ai promis à Simon que j'arriverais plus tôt chez lui. Et j'ai dit à Minh-Thi que j'irais la chercher.

— Arrête de m'énerver, je me dépêche…

Dominique décide d'attendre à la cuisine. Il crie « Mélan-i-i-i-i-e, viens-t'en » toutes les deux minutes, ce qui met en boule les nerfs de Maman qui trouve son déjeuner bien agité.

— Tu sais qui j'ai rencontré à la remise des bulletins hier ? risque Maman dans l'espoir de détendre un peu l'atmosphère.

— Non, répond distraitement Dominique, concentré sur son jeu électronique.

— La mère de Minh-Thi et le père de Simon.

Silence de Dominique qui constate que ses piles sont à plat.

— Tu pourrais me parler un peu, pour une fois qu'on a le temps. La directrice a annoncé un concours d'excellence. Tu le savais ?

— Non.

— C'est l'occasion de faire connaître vos qualités. Si vous regardez moins vos défauts et ceux des autres, il y aura moins de chicanes. Je suis bien d'accord avec elle.

— Et puis ?

— Et puis, il me semble que tu pourrais participer ! Tu es populaire, tu es un bon sportif…

LUI UN BON SPORTIF ! Dominique veut répliquer, puis se dit que c'est inutile. Franchement, Maman ne comprend rien. IL EST NUL DANS LES SPORTS. Il se rappelle encore ses premiers « succès » au hockey, quand il passait plus de temps sur le banc que sur la patinoire.

Se rendant subitement compte qu'il est près de huit heures, Dominique crie de sa voix la plus aiguë :

— Mélan-i-i-i-i-e !

Maman sursaute :

— Tu pars donc de bien bonne heure ce matin, Dominique. Qu'est-ce qui se passe ?

— J'ai promis à Simon de jouer au ballon chasseur avec lui ! Il faut que je sois chez lui à huit heures et je n'y serai jamais !

— Appelle-le et dis-lui que ce n'est pas possible, c'est tout! murmure Maman.

«Bonne idée!» pense Dominique. Mais il se ravise : il ne peut pas faire cela à son ami. Même s'il déteste le ballon chasseur. Une bonne façon pour que Simon ne soit plus son ami!

Dominique est fier d'avoir beaucoup d'amis. Pour lui, c'est important. Il s'ennuie facilement et il veut être aimé par tout le monde. Il est incapable de dire non. Il a compris que, lorsqu'on veut être aimé par tout le monde, il faut être gentil et aimable. Par exemple jouer au ballon avec Simon même si ça ne lui dit rien. Ou attendre sa sœur à peu près tous les matins. Ou encore aller chercher Minh-Thi même s'il doit faire un détour.

— Maman, il est où, mon chandail avec des rayures rouges? hurle Mélanie une deuxième fois.

— IL EST HUIT HEURES! JE M'EN VAIS, crie Dominique en quittant la maison, furieux d'avoir attendu pour rien.

Il n'a même plus le temps d'aller chercher Minh-Thi!

Maintenant Maman s'énerve :

— Comment veux-tu que je le sache, Mélanie ! Tu ne l'aurais pas mis au lavage par hasard ? À part ça, pourquoi ne mets-tu pas ton chandail bleu à la place, il te va mieux !

— QUOI ?

Le cœur de Mélanie a cessé de battre. Le trésor recherché est un chandail qu'elle s'est elle-même offert pour son anniversaire ; elle l'a d'ailleurs acheté avec des sous gagnés à passer le gros journal du samedi pour remplacer Dominique qui voulait dormir !

Comme ça, son beau chandail acheté au Vestiaire Sportif ne lui va pas bien ! Elle s'est bien doutée que son achat ne plaisait pas à sa mère quand elle le lui a montré en revenant du magasin. Juste à son air. Elle a dit : « Bien, si tu es contente, c'est ça l'important. » Maintenant, la vérité va sortir. Elle monte quatre à quatre les marches pour retrouver Maman qui cherche ses mots croisés.

— Comment ça, il me va pas bien mon chandail ?

— Il ne te va pas mal, c'est pas ce que j'ai dit, corrige calmement Maman en tournant les pages de son journal.

Elle ajoute (après s'être rendu compte qu'elle aurait mieux fait de se taire) :

— Je trouve juste que ça élargit, un chandail avec des rayures horizontales.

— Je suis grosse, c'est ça?

— Tu n'es pas grosse. Il faut juste que tu fasses attention à ce que tu portes, c'est tout! C'est normal, moi aussi je dois faire cela!

Mélanie n'écoute plus, court s'enfermer dans sa chambre et claque la porte.

Désolée, Maman offre à Mélanie de la conduire en voiture à l'école. Une façon de se faire pardonner. Et puis ça lui donnera peut-être l'occasion de lui parler du concours d'excellence.

— Voyons Mélanie, excuse-moi, je ne voulais pas te faire de peine! Le docteur te l'a dit : c'est normal de PRENDRE DU POIDS à ton âge! risque timidement Maman une fois dans la voiture.

« Pas prendre du poids, GROSSIR », pense Mélanie, exaspérée par les précautions de sa mère.

— C'est un âge où tu grandis, alors c'est n-o-r-m-a-l!... À huit ans, tu étais la plus petite de la classe, maintenant tu es la plus grande!

« Sauf que j'ai l'air d'une attardée mentale de

l'école secondaire dans une classe de cinquième!» songe Mélanie.

— Si tu savais comme je suis fière de toi! Encore hier, j'en parlais à mes collègues de travail : tu es toujours à ton affaire, tu réussis bien à l'école. Je suis très contente de toi, et ton père l'est aussi.

Mélanie s'en fiche d'être bonne à l'école. Elle ne voudrait surtout pas être première de classe, convaincue que ce serait la meilleure façon de perdre le peu

d'amis qu'il lui reste. Non ! Ce qui compte, c'est d'être belle. Et elle ne l'est pas.

Tout d'un coup, Mélanie pense à Minh-Thi. (Juste au moment où Maman allait parler du concours d'excellence de la directrice.) Il faut passer chez Minh-Thi pour voir si elle attend encore !

À leur arrivée, Minh-Thi vient juste de finir de s'habiller pour l'école. Mais elle refuse de s'y rendre. Hung, son père, le bébé dans les bras, attend qu'elle se décide :

— Tu ne peux pas toujours être la première, Minh-Thi. L'important, c'est que tu as bien travaillé. Après tout, il faut que tu laisses une chance aux autres.

Mais Minh-Thi ne cesse pas de pleurer. Elle est persuadée que si elle n'est pas la première, c'est sa faute : elle n'est pas assez bonne. Elle a manqué son coup. Personne ne la convaincra du contraire.

Elle se décide enfin à accepter l'invitation de Mélanie et de sa mère. Elles repartent vers l'école. Maman renonce à parler de concours d'excellence avec sa fille qui se trouve laide, accompagnée de son amie qui se trouve nulle !

Pendant ce temps, Dominique arrive chez son ami. Le père de Simon lui ouvre avant même qu'il ne sonne. Il n'a pas l'air de bonne humeur du tout, à le voir réprimander son fils.

— Je ne te demande pas de gagner le concours d'excellence de la directrice! Je veux juste un bulletin convenable! Si tu mettais autant d'énergie en classe que tu en mets dans les sports, tu aurais de bons résultats!

« Encore cette histoire de concours », remarque Dominique.

Simon attache ses souliers à la hâte, évitant de regarder Dominique. Quand son père crie après lui, ça le gêne. N'en déplaise à son père, il est quand même bien décidé à jouer ce match décisif de ballon chasseur contre l'équipe de Geneviève.

— Penses-tu que jouer à tes jeux niaiseux va te permettre de réussir dans la vie? Continue comme ça et tu ne te rendras même pas au secondaire!

Simon ferme la porte et Dominique n'entend pas la suite. Les deux amis se mettent en route pour l'école. Sans rien dire. Quand il est malheureux, Simon devient silencieux. Dominique décide d'oublier de parler de cette histoire de concours à l'école. Il aurait bien aimé savoir si Simon avait eu quelques détails. Tant pis.

Quand ils arrivent dans la cour, Geneviève et son équipe sont déjà là. Alors Simon oublie ses problèmes de bulletin. Nerveux, il multiplie les recommandations aux joueurs de son équipe : « Attention aux lignes ! Lancez fort ! Grouillez-vous ! » Particulièrement inquiet du peu d'habileté de Dominique, il l'avertit :

— Dominique, niaise pas ! Joue comme du monde !

À voir Simon s'agiter, Geneviève a déjà son air triomphal. Elle, qui n'ouvre à peu près plus la bouche pour cacher ses nouvelles broches, sourit de toutes ses dents en regardant Simon s'agiter.

— Peut-être que tu aimerais mieux remettre cela, Simon ?

— Même avec un joueur en moins, mon équipe bat la tienne, Brochette ! réplique Simon.

Il ne veut surtout pas reporter sa revanche à plus tard. Il compte les heures depuis que son équipe s'est fait battre par celle d'une FILLE.

Parce que le surnom de « Brochette » déplaît souverainement à Geneviève, elle ferme la bouche et ne dit plus un mot.

La partie débute mal pour l'équipe de Simon. Aussitôt le match commencé, ses joueurs courent dans tous les sens, incapables de reprendre le ballon des mains de l'équipe adverse. Dix minutes plus tard, Lani et Mélissa sont déjà éliminées. Puis paf! Dominique reçoit le ballon en pleine figure. Fou rire des joueurs de Geneviève. La face rouge comme la crête d'un coq, Dominique se rend en zigzaguant à l'arrière du terrain en se jurant que jamais plus il ne participera à ce jeu de fous. À ce moment précis, Simon, qui voit de plus en plus venir la défaite, s'énerve :

— Ça m'écœure trop de jouer avec vous autres, gang de pourris!

En même temps, il lance le ballon par-dessus la clôture de l'école. Puis il sort de la cour sous les huées de Geneviève et des joueurs de son équipe. Comme tout le monde sait que perdre est la chose que Simon déteste le plus au monde, son comportement ne surprend personne.

— Nous, on continue ! crie Geneviève, une fois le ballon récupéré.

— Qui veut jouer ? Joues-tu, Dominique, ou aimes-tu mieux te reposer ?

À son ton, Dominique comprend qu'elle lui conseille plutôt de bien se reposer… Un peu blessé dans son orgueil, il répond :

— Non, j'ai plus le goût. Je vais vous regarder.

La cloche vient de sonner quand Mélanie et Minh-Thi arrivent à l'école. Minh-Thi rejoint rapidement Dominique, Simon et Geneviève dans le groupe de sixième. Dans sa hâte de rattraper sa classe de cinquième, Mélanie bouscule Simon dont l'humeur ne s'est guère améliorée :

— Fais attention, LA GROSSE ! lance-t-il.

Depuis qu'il a appris par Dominique les pesantes préoccupations de Mélanie, il ne rate jamais l'occasion de la faire réagir. Mal lui en prend ! En revanche, Mélanie le traite de « VIEILLE CAROTTE ROUIL-LÉE ». Cette ultime insulte a pour effet d'achever de colorer de rouge le visage de Simon au point de faire disparaître ses taches de rousseur. Simon déteste ses cheveux roux, tout le monde le sait. Mélanie rejoint sa classe, l'âme en compote de s'être fait traiter de « grosse ».

Le professeur de sixième s'appelle Madeleine. Elle annonce au début de la classe de français une rencontre de groupe avec les cinquième et quatrième années. « Pour parler de la semaine de l'excellence », précise-t-elle. Dominique se dit qu'enfin il saura en quoi consiste ce fameux concours dont il entend parler depuis le matin.

La rencontre a lieu au gymnase comme prévu. Quand Dominique, Minh-Thi, Geneviève et Simon arrivent avec les autres élèves de sixième, ceux de cinquième sont déjà là. Mélanie est assise à côté du beau grand Marc-Antoine. Nouvellement arrivé, il est peu connu. Mais ses yeux bleus et ses cheveux blonds font rêver plusieurs filles. Pour Mélanie, il est surtout le plus costaud, non seulement de la classe de cinquième mais aussi de l'école. La meilleure façon d'avoir l'air toute petite, c'est de s'installer près de lui.

Encore frustré par son échec, Simon choisit la compagnie de Catherine, installée comme à l'habitude à l'autre bout de la salle pour passer inaperçue. Il est certain qu'elle ne dira pas un mot, celle-là ; à chaque réunion, elle est morte de peur à l'idée de parler en groupe ou de faire rire d'elle.

Dominique s'assied par terre à côté de Minh-Thi. Près de lui, Geneviève affiche un sourire vainqueur qu'elle promène dans l'espoir que Simon l'aperçoive de loin. Sa satisfaction est telle qu'elle en oublie ses broches.

Les élèves de quatrième arrivés, la directrice de l'école prend la parole.

— Cette semaine je vous invite à participer au concours d'excellence. Trouvez dans quel domaine vous êtes brillants et dites-le aux autres ! Faites-vous connaître par ce que vous faites autant dans votre famille qu'à l'école ! Arrêtez de vous trouver pas beaux, pas fins ou pas bons ! Cessez de vous critiquer vous-mêmes, c'est la meilleure façon d'être malheureux et de ne rien faire. Les personnes qui excellent sont celles qui cessent de se diminuer et qui font ce qu'elles aiment !

La directrice donne ensuite des exemples de personnes connues qui réussissent dans leur domaine, que ce soit dans la mode, dans les sports, dans les arts ou dans la musique.

Elle est tellement convaincante que plusieurs se mettent à rêver. Dominique se voit populaire, entouré d'une foule d'amis. Minh-Thi gagne la médaille de la première place de toutes les

écoles de la province… Catherine bronze sous les flashes des caméras au milieu d'une foule de journalistes épatés qui boivent ses paroles. Mélanie, admirée pour sa beauté, parade sur un large trottoir de lumières, suivie d'une nuée de grands couturiers.

Simon, lui, ne rêve pas. Jusqu'à ce qu'il entende la directrice dire :

— Vous choisirez qui parmi vous mérite l'excellence à cause de ses qualités personnelles, de ses habiletés en classe ou de ses capacités dans un sport ! Ce sera le choix des élèves des trois classes réunies. Ce ne sera pas le choix des parents, des professeurs ou de la directrice. Ce sera le vôtre ! Pas question pour les adultes ni de donner leur avis, ni d'influencer votre choix.

À ces mots, Simon s'imagine debout sur un podium, comme un

athlète aux Jeux olympiques. La médaille d'excellence au cou, il salue son père enfin fier de son fils.

Simon décide qu'il va remporter ce concours…

Aussi prête-t-il une oreille attentive aux propos de la directrice pour comprendre comment tout cela va se passer. Les élèves qui le souhaitent peuvent poser leur candidature. Un élève peut aussi en proposer une autre. Vendredi prochain, les trois classes se retrouve-ront au gymnase. Alors chaque candidat expliquera pourquoi il mérite l'excellence. Enfin un vote général établira qui remporte le concours.

La rencontre terminée, Simon se dirige rapidement vers Dominique. Ce dernier se rend compte que le discours de la directrice a remis son ami de bonne humeur.

Simon a déjà son plan. En entrant en classe, il informe Dominique qu'il veut être candidat au concours de la directrice. Heureux de voir que son ami a enfin retrouvé sa bonne humeur, Dominique se réjouit de la nouvelle. Après tout, c'est vrai que Simon excelle dans les sports.

La rumeur de la candidature de Simon se répand comme un incendie dans une station d'essence. Au retour de l'école, en route pour le dîner, Mélanie apprend la nouvelle par Geneviève. Elle tient l'information de source sûre : Dominique lui-même.

« Ça ne m'étonne pas ! Il est persuadé d'être le plus beau, le plus populaire, le plus fin et le meilleur. Personne ne votera pour lui et ce sera une bonne leçon ! » pense Mélanie pour se rassurer.

Mais elle se ravise quelques jours plus tard. Simon

peut fort bien gagner le concours d'excellence puisque personne de sixième année ne semble vouloir entrer en compétition avec lui. Sa petite enquête lui fait entrevoir le pire : personne, ni en quatrième année ni en cinquième, ne semble désireux de présenter sa candidature. En conséquence, la victoire de ce crétin de Simon devient presque assurée. Mélanie n'ose pas imaginer une telle catastrophe. Tout, mais pas cela ! Il faut à tout prix empêcher que les circonstances favorisent Simon.

Elle entreprend donc de convaincre quelques-unes de ses amies de présenter leur candidature. Elle essaie d'abord avec Geneviève :

— Quand tu organises des jeux, tout le monde veut participer. Non seulement tu es bonne en sport, mais tu as même des bonnes notes. Tu es sûre de gagner !

— Jamais ! s'exclame Geneviève qui ne veut pas ouvrir une bouche pleine de broches devant trois classes, trois professeurs et une directrice. Surtout pour ce concours idiot.

Mais elle est très touchée que Mélanie lui attribue autant de belles qualités !

Plus tard, Mélanie tente sa chance avec Minh-Thi :

— Tu es première de classe à peu près toujours depuis ta maternelle! Quand n'importe qui en sixième a besoin d'aide en classe, c'est toi qu'on vient voir. Dominique dit que tu es tellement brillante que Madeleine te demande d'aider ceux qui comprennent moins bien dans ta classe!

— C'est vrai que Dominique dit cela? demande Minh-Thi, fière que l'on reconnaisse ses capacités.

Mais elle dit quand même non. Quand on est deuxième au dernier bulletin, on ne mérite pas de se présenter à un concours d'excellence.

Mélanie se risque à en parler à Catherine. Elle change rapidement de sujet quand elle la voit pâlir et l'entend répondre de sa plus petite voix que c'est gentil d'avoir pensé à elle. Catherine est bien trop timide pour se faire remarquer.

Il ne lui reste qu'à se porter elle-même candidate. Mais ça, il n'en est pas question : tout le monde la regarderait et verrait comme elle est grosse. Elle a trop honte !

Tant pis, Simon l'emportera. Ce sera une bien petite victoire, puisqu'il est seul à présenter sa candidature, se dit Mélanie. C'est, à bien y penser, la meilleure façon de donner une leçon à ce prétentieux. Elle savoure cet éclair de génie : faute de plusieurs candidats, pas de concours ! « Il aura l'air d'un parfait idiot et ce sera bien fait pour lui. »

Mais elle finit par décider qu'elle ne peut pas abandonner la partie. C'est trop injuste. Il faut faire quelque chose. Plus que quatre jours avant le grand jour ! Elle tente sa chance auprès de Dominique…

— Il n'y a pas juste les sports dans la vie, Dominique. Tu pourrais dire que tu es bon dans… dans… ? ? ?

Elle a beau chercher, elle ne trouve pas en quoi Dominique pourrait bien exceller. Vexé de l'ignorance de sa sœur à propos de ses nombreux talents, Dominique réplique :

— Présente-toi donc toi-même !

Au même moment, Mélanie achève sa phrase :

— En dessin, tu es bon en dessin ! Voilà, tu n'as qu'à parler des beaux dessins que tu fais…

Dominique se radoucit. C'est vrai. Toute la famille lui demande ses dessins. Et il en a fait des centaines pour Mélanie depuis qu'elle est au monde.

Mais Mélanie ne s'occupe plus de Dominique. Elle vient d'avoir une idée qui va peut-être lui permettre de gagner la partie contre Simon. Tout devient clair. Il fallait y penser : comme Dominique, tous les élèves de sa classe excellent dans quelque chose mais ils ne savent pas dans quoi ! Ils sont juste trop gênés de parler de leurs qualités, comme Geneviève. Ou bien, comme Minh-Thi, ils se critiquent eux-mêmes !

PIRE, COMME ELLE OU SON AMIE CATHERINE, ILS ONT PEUT-ÊTRE MÊME TROP PEUR DES MOQUERIES DES AUTRES !

Sa décision est prise : elle aidera les élèves de sa classe à trouver et à dire ce dans quoi ils sont bons. Puis elle proposera les noms recueillis pour le vote de vendredi.

Elle passe la soirée à préparer un grand carton jaune. En lettres de toutes les couleurs, elle écrit : « Dans quoi je me trouve bon ». Elle trace une vingtaine de lignes. Puis elle prie Dominique de dessiner toutes sortes d'objets : des crayons, des livres, des poissons, des ciseaux, des films, des ballons, etc. Sans poser de questions, Dominique accepte, fier qu'elle utilise son talent.

Pour Mélanie, le plus difficile reste à faire le lendemain : convaincre Gilles, son professeur. S'il refuse, tout tombe à l'eau. Heureusement, il encourage Mélanie à poursuivre son projet. Elle peut interroger chaque élève de la classe, à condition que son travail soit terminé.

À compter de ce moment, Mélanie utilise toutes les minutes libres durant la classe et toutes les récréations pour savoir ce en quoi les élèves de sa classe excellent. Pas facile ! Les premiers élèves rencontrés ne savent pas quoi répondre. Pour les aider, elle passe en revue les dessins de Dominique. Puis, elle repose les mêmes questions. Quelle activité aimes-tu le mieux faire ? C'est quoi tes qualités ? Dans quoi trouves-tu que tu es très bon ? À force de questions, elle finit par savoir que Nathalie se trouve bonne à se faire des amis. Elle sait que Renardo aime tellement les mathématiques qu'il s'invente des devoirs. Elle apprend par Victoria que ses parents la considèrent comme une championne de soccer, et par Chloé que sa petite

sœur la tient pour la meilleure conteuse d'histoires. Mais à la fin de la journée, elle a recueilli quatre noms seulement. Elle va ranger son carton quand Marc-Antoine lui demande d'inscrire son nom « parce que ses amis disent de lui que c'est un champion de jeux vidéo ». Il lui demande du même coup s'il peut l'aider la dernière journée du concours. Elle est tellement surprise et ravie qu'elle s'y reprend à trois fois pour écrire correctement son nom à côté de « jeux vidéo ».

Le lendemain, les choses se précipitent. La présence du beau Marc-Antoine a beaucoup d'effet. Les filles manifestent un vif intérêt à répondre en détail à ses questions. Pour ne pas être oubliés, les garçons se bousculent pour parler d'eux-mêmes.

Tout marche sur des roulettes pour Mélanie, très satisfaite de la quantité de noms obtenus. Elle n'a cependant pas prévu les événements du lendemain.

Le vendredi, à l'heure convenue, la directrice demande aux élèves des trois classes de présenter les noms des élèves choisis.

— Qui commence ?

Dominique propose la candidature de Simon. Ensuite, Simon vante lui-même ses qualités d'athlète. Les élèves de sixième se regardent : pas d'autres candidats.

La directrice s'inquiète (elle prévoyait au moins trois ou quatre candidatures par classe). Elle passe tout de suite à la classe de quatrième parce que les élèves chuchotent. Déception. Personne ne se risque en quatrième.

— Personne ne propose aucun nom en quatrième ?

Pas un mot.

« Bon. Reste la cinquième », se dit la directrice pour se rassurer.

Avec tout son courage, Mélanie se lève. Elle remet à la directrice le carton où figurent les noms des « excellents élèves » de cinquième année.

Surprise de se retrouver maintenant avec vingt

candidats proposés par une seule élève, la directrice reste bouche bée. «Un seul candidat en sixième contre vingt en cinquième! Et personne en quatrième! Comment faire un vote qui soit juste? Finalement, ce concours, c'était peut-être une mauvaise idée», songe-t-elle.

Simon, inquiet de l'évolution de la situation, retient son souffle.

À court d'idées, la directrice risque :

— Cela fait beaucoup de candidats dans la seule classe de cinquième !

Murmures chez les enfants. Les professeurs se concertent.

Gilles suggère que chacun des élèves sur la liste explique pourquoi il pose sa candidature. Silence dans la salle.

Alors l'imprévisible se produit. Marc-Antoine demande la parole :

— Je propose une seule candidature : celle de Mélanie.

Nouveau silence dans la salle.

Étonnée, la directrice l'invite à justifier sa proposition : LE NOM DE MÉLANIE N'APPARAÎT MÊME PAS SUR LA LISTE !

— Grâce à Mélanie, maintenant tous les élèves de cinquième, on se connaît et on s'apprécie davantage. Parce qu'on connaît mieux nos qualités.

Les élèves de cinquième approuvent par leurs applaudissements. Geneviève, plus sûre d'elle depuis que Mélanie a vanté ses talents, tape des mains à son tour, suivie de Minh-Thi et Dominique, d'accord avec elle sur le mérite de Mélanie. À la fin, la plupart des élèves lèvent la main pour voter. Même les élèves de quatrième votent pour Mélanie.

La directrice félicite d'abord Simon d'avoir courageusement fait valoir ses qualités sportives. Puis, se tournant vers Mélanie, elle ajoute :

— Tu mérites l'excellence : grâce à toi, plusieurs élèves ont trouvé des raisons d'être fiers d'eux-mêmes ! Bravo !

La remise du prix d'excellence a lieu une semaine plus tard en présence des parents.

— Elle est au fond à droite. Celle qui porte le chandail avec de grosses rayures rouges, explique la mère de Mélanie aux parents de Simon qui veulent la féliciter.

— Saviez-vous que Simon s'est aussi porté candidat au prix d'excellence ? ajoute la mère de Simon.

— C'était le seul de sixième à se présenter ! Il m'impressionne ! Je suis fier de lui ! Comme on dit : il va faire son chemin dans la vie, renchérit son père.

FIN

La confiance en ses capacités : une source d'énergie

Votre enfant est-il d'une humeur heureuse et stable? Vous paraît-il sûr de lui, fier de son apparence, persévérant dans ses entreprises? Exprime-t-il avec confiance ses points de vue et recherche-t-il les défis et les nouvelles rencontres?

Sinon, peut-être éprouve-t-il des difficultés à reconnaître ses capacités comme plusieurs des enfants dans cette histoire. Son manque de confiance peut s'exprimer par quelque complexe comme chez Mélanie ou par cette gêne excessive qui paralyse Catherine. Il arrive que votre enfant se dévalorise, comme le fait Minh-Thi, qui n'est jamais satisfaite de ses performances, ou redoute l'échec au point d'en attribuer aux autres la responsabilité, comme le fait Simon.

L'absence de confiance en leurs capacités amène les enfants à s'isoler, à se remettre en cause et à se déprécier. Ces périodes difficiles s'accompagnent de défaitisme, de morosité et de conflits avec les autres. Que faire pour aider votre enfant à de tels moments ? S'il n'existe aucune recette magique, il est cependant utile de comprendre comment se bâtit cette source d'énergie importante qu'est la confiance en soi.

Le miroir des parents

Il est difficile pour un enfant d'acquérir le sentiment d'être quelqu'un de bien et de bon lorsqu'il doit constamment faire face aux commentaires négatifs de ses parents. Le père de Simon contribue à ancrer la piètre opinion que son garçon a de lui-même. Les remarques qui remettent en cause la personnalité d'un enfant (ex. : Tu es un paresseux !) l'amènent à se déprécier. Elles affectent directement sa confiance en ses capacités. Les enfants ont tendance à modeler leur comportement sur les étiquettes qu'on leur colle. Parler à un enfant aussi respectueusement qu'à un ami contribue à créer chez lui une perception positive de lui-même.

S'il est important que le parent contrôle sa colère, il est tout aussi important qu'il maîtrise ses anxiétés : les inquiétudes et les peurs se communiquent. Les propos ambigus de la mère de Mélanie concernant la taille de sa fille alimentent la tendance de celle-ci à se déprécier. L'image que se font les enfants de leurs qualités physiques reflète les commentaires des parents sur leur apparence.

La confiance en ses capacités se bâtit sur les tout petits succès

Lorsque les attentes des parents sont trop élevées, elles créent chez l'enfant un sentiment d'impuissance. Elles l'intimident et le découragent. La confiance en soi se bâtit au contraire par l'encouragement à la persévérance dans une activité et par l'atteinte de petits objectifs. L'enfant acquiert alors le sentiment d'« être capable ». La valorisation des petits succès lui donne le sentiment de progresser ; les petits pas préparent les futurs marathoniens, en somme !

Les enfants les plus sûrs d'eux-mêmes sont aussi ceux à qui on apprend que la réussite dépend à la fois des moyens que l'on emploie et de l'effort que l'on consent. S'ils essuient un échec, ils révisent leur stratégie et se reprennent, tandis que ceux qui sont convaincus que la réussite est une question de talent (qu'on a ou qu'on n'a pas !) s'avouent rapidement battus. Ils concluent qu'ils ne sont simplement pas doués ! Il faut dire aux jeunes que toute habileté s'acquiert, qu'il suffit d'y mettre le temps et la volonté.

L'importance du jugement des pairs

Passé l'âge de huit ans, les enfants jugent de leur valeur en se comparant aux autres. Ce que disent leurs parents à propos de « leurs belles qualités » perd alors beaucoup d'importance. Les jugements des amis priment !

Et les jugements des amis n'ont souvent rien à voir avec ceux des parents! Pour les adultes, il importe surtout que leur enfant réussisse à l'école et qu'il ait un bon comportement. Les enfants, eux, trouvent plus essentiel d'avoir une belle apparence ou de réussir dans les sports et d'être populaire. Par exemple, Mélanie croit qu'il ne faut pas être trop bonne à l'école si elle veut conserver ses amis. La méconnaissance dont font preuve les parents des priorités «spécifiques» des enfants explique bien des conflits.

Les qualités auxquelles les enfants accordent de l'importance varient d'un groupe à l'autre, voire même d'une classe ou d'une école à l'autre. Toutefois, pour un enfant, le fait de se conformer aux usages de son entourage n'est pas sans risque. Sa sécurité s'écroule dans un groupe qui ne partage pas ses valeurs et dont les attentes dépassent ses capacités. Si, par exemple, il n'a ni beaux vêtements ni aptitudes sportives, inutile d'essayer de le rassurer en faisant valoir sa beauté intérieure. Il est bon de se rappeler qu'au début de l'adolescence l'influence des pairs éclipse celle des parents!

La tendance d'un enfant à se déprécier peut être la conséquence d'un message négatif reçu de son entourage. Auparavant sûr de lui, il peut tout à coup craindre de ne plus pouvoir se faire d'amis. Un climat de critique à l'école (tel que celui décrit dans le récit qui précède) peut expliquer cette nouvelle insécurité. Les interactions qui mettent systématiquement en lumière les défauts de chacun ont un effet dévastateur sur la confiance en soi.

Certains enfants se retrouvent au hasard de la vie dans des contextes qui ne conviennent pas à leurs habiletés ou à leur personnalité. Ils peuvent aboutir dans une école de surdoués alors qu'ils ont des aptitudes intellectuelles moyennes, ou se retrouver dans un camp d'athlétisme alors qu'ils sont du genre intellectuel. Bien sûr, direz-vous, ils peuvent y acquérir de nouvelles compétences. Le risque est cependant grand qu'ils se trouvent « nuls » et cessent de croire en leurs capacités naturelles. Quand le décalage entre les habiletés de l'enfant et les attentes du milieu est trop grand, l'enfant est profondément malheureux. On doit alors envisager de l'intégrer dans un environnement mieux adapté à ses besoins.

Les jugements que porte l'enfant sur lui-même

Retenons que les enfants se comparent les uns aux autres. D'autre part, ils se fixent des « standards » à partir desquels ils portent des jugements sur eux-mêmes. S'ils placent la barre trop haut, ils auront tendance à se juger sévèrement. Sans que l'on sache trop pourquoi, Minh-Thi voudrait toujours être la première de sa classe ! Faute d'atteindre ce « standard » irréaliste, elle est malheureuse. Minh-Thi accorde trop d'importance aux résultats ; elle en oublie même qu'elle aime l'école ! Dans son cas, la solution consisterait à lui apprendre à découvrir le bien-être que lui procure une activité agréable — le travail en classe — plutôt que de miser sur le résultat de ses efforts.

Les jugements que portent les enfants sur eux-mêmes ne reposent donc pas toujours sur des bases réalistes. Ils s'évaluent à partir des qualités qu'ils considèrent comme « importantes », intégrant à l'occasion les pires stéréotypes : une fille doit être jolie et mince, un garçon costaud et peu sensible. On comprendra que l'ouverture d'esprit du parent joue ici un rôle primordial dans la façon dont l'enfant apprendra à accepter sa différence.

Une question de tempérament

Les études sur le tempérament mettent en lumière le fait que certains individus sont d'un naturel plus inquiet, plus anxieux que d'autres. Ceux-là auront tendance à minimiser leurs aptitudes, à se dévaloriser ou à accorder trop d'importance au jugement des autres. Quoi qu'il arrive, ces enfants auront davantage tendance à se déprécier. Dans le meilleur des cas, ils apprécieront de façon réaliste leurs habiletés et leurs limites. Cependant, cette vision « réaliste » de leurs aptitudes ne leur procure pas le bonheur de ceux qui — aussi naturellement qu'eux — surestiment leurs capacités.

Ces enfants au tempérament inquiet et anxieux développeront peut-être un perfectionnisme qui, à la longue, leur servira. Un collègue me faisait remarquer que les biographies d'artistes célèbres démontrent qu'une lutte incessante contre un sentiment d'infériorité peut conduire à de grandes réalisations.

Les hauts et les bas de la confiance en ses capacités

La confiance en soi n'est jamais acquise. Tous, nous traversons des périodes difficiles où la confiance en nous-mêmes n'est pas au rendez-vous. Certaines semaines, certains mois et certaines années sont meilleures que d'autres!

La transition de l'école primaire à l'école secondaire apporte son lot d'inquiétudes aux enfants. Par exemple, les filles sont particulièrement soucieuses de leur apparence à cette époque. De nouveaux défis s'ajoutent aux préoccupations qu'entraînent les changements pubertaires. Dans l'attente d'un nouvel équilibre, l'enfant a besoin d'une écoute et d'un appui solides. Il semble bien qu'il faille l'écouter sans le contredire, le rassurer sans démentir ses exagérations. Il faut voir les choses selon sa perspective et non selon la nôtre!

De l'affection sans condition

La confiance en soi dépend donc à la fois du tempérament de l'enfant et d'une foule de circonstances et de contacts qui échappent au contrôle des parents. Si les parents ont peu de prise sur les expériences vécues à l'extérieur du nid familial, ils peuvent cependant devenir des *alliés inconditionnels* de leur enfant.

Nous connaissons tous une personne au sujet de laquelle nous nous disons: « Je ne lui parlerai pas de tel problème, j'ai peur de la décevoir. » Celle-ci est une alliée *conditionnelle* qui ne prête son appui que si nous remplissons ses attentes ! Une alliée *inconditionnelle,* elle, ne retire jamais son appui. Elle nous aime tel que nous sommes. Les enfants qui peuvent compter sur leurs parents quoi qu'il arrive ont davantage confiance en leurs capacités et se permettent plus facilement d'être eux-mêmes.

Les camarades de Mélanie soulignent plus facilement leur défauts qu'ils ne mettent en valeur leurs qualités. Le climat est à la compétition. Malheureusement, cette rivalité peut parfois se retrouver dans certaines familles. Habituez les enfants à exprimer des sentiments positifs entre eux ainsi qu'à se féliciter lors de leurs réussites ! La famille peut être une source de sécurité et d'estime de soi. La question que pose Mélanie vaut la peine qu'on s'y attarde : les membres de votre famille, savent-ils « en quoi les autres les trouvent bons » ? Les membres de votre famille se disent-ils à l'occasion combien et pourquoi ils s'apprécient ?

L'enfant qui trouve dans le nid familial la confirmation de ses capacités personnelles et l'appui inconditionnel de ses parents pourra traverser plus facilement les situations qui mettront sa confiance à l'épreuve.

JEAN GERVAIS
Professeur en psychoéducation
Université du Québec à Hull

Remerciements

L'auteur tient à remercier Nicole Bourdage, Annie Deveau, Gilles Desgagné, Danielle Boisvert, Sylvain Coutu, Sylvie Gervais, Chantal Gourgue, Robert et Madeleine Harel, Suzanne Lavigueur, Line Leblanc, Francine Lussier, Daniel Pelletier, Guylaine Trudel, Sylvie Vézina et Jean Raymond pour la pertinence de leurs suggestions ou leur contribution à la documentation de cet ouvrage.

Il est également redevable aux élèves et aux enseignants des écoles Saint-Jean-Baptiste, Saint-Michel, L'Envolée et Notre-Dame du Saint-Esprit qui ont contribué par leurs commentaires à enrichir le manuscrit.

Pour leur indispensable collaboration à la documentation et aux activités de recherche, il est reconnaissant au personnel de la bibliothèque et du service audiovisuel de l'Université du Québec à Hull, ainsi qu'au Groupe de recherche sur l'inadaptation psycho-sociale chez l'enfant de l'Université de Montréal.

Enfin, l'auteur remercie Lyse Desmarais-Gervais pour son indéfectible complicité ainsi que Danielle Marcotte et André C. Desautels pour la pertinence de leur critique et de leurs suggestions.

Notes

Toute personne ayant des commentaires, remarques ou suggestions à transmettre à l'auteur de ce livre peut lui écrire à l'adresse suivante :

Jean Gervais, Éditions du Boréal
4447, rue Saint-Denis, Montréal (Québec) H2J 2L2

L'auteur

Jean Gervais est né à Montréal. Après une vingtaine d'années de travail clinique auprès des enfants, il termine des études doctorales et est professeur en psychoéducation à l'Université du Québec à Hull. Spécialisé en psychologie de l'enfant et en psychothérapie, il partage son temps entre des activités d'enseignement et de recherche sur les difficultés que vivent les enfants. Il allie son talent naturel de conteur et son amour des enfants à ses préoccupations professionnelles.

Outre des articles parus dans des revues spécialisées, l'auteur a également publié un livre pour les jeunes : *C'est dur d'être un enfant.*

Le Concours est le dixième livre de Jean Gervais dans la collection « Dominique ».

L'illustratrice

Caroline Merola a fait un baccalauréat en arts à l'Université Concordia et est illustratrice à la pige depuis une dizaine d'années pour de nombreuses maisons d'édition et divers organismes tels qu'Amnistie Internationale. Elle est également l'auteur de la collection pour enfants « Le Monde de Margot » aux éditions du Boréal, et de plusieurs bandes dessinées, dont *La Maison truquée, Frissons d'humour* suivi de *Ma Meteor bleue,* et *Le Rêve du collectionneur,* toutes publiées aux éditions Kami-Case.

MISE EN PAGES ET TYPOGRAPHIE :
LES ÉDITIONS DU BORÉAL

ACHEVÉ D'IMPRIMER EN NOVEMBRE 1998
SUR LES PRESSES DE TRANSCONTINENTAL IMPRESSION
IMPRIMERIE MÉTROLITHO À SHERBROOKE (QUÉBEC).